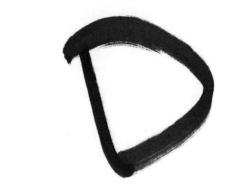

D0871206

NORMAN BRIDWELL

LA NAVIDAD DE
Clifford®

Traducido por Ana Suárez

SCHOLASTIC INC.
New York Toronto London Auckland Sydney
Mexico City New Delhi Hong Kong Buenos Aires

A Jesse

Originally published in English as *Clifford's Christmas*.

No part of this publication may be reproduced in whole or in part, or stored in a retrieval system,
or transmitted in any form or by any means, electronic, mechanical, photocopying, recording,
or otherwise, without written permission of the publisher. For information regarding permission,
write to Scholastic Inc., Attention: Permissions Department, 555 Broadway, New York, NY 10012.

ISBN 0-439-19891-7

10 9 8 7 6 5 4   03 04

Printed in the U.S.A.
First Scholastic Spanish printing, November 2000

¡Hola! Me llamo Emily Elizabeth
y éste es mi perro Clifford.
¡Adivina qué día de fiesta es hoy!

La Navidad la empezamos a celebrar el Día de Acción de Gracias. El año pasado fuimos al desfile y a Clifford le encantaron los enormes globos que había.

El último en desfilar fue Papá Noel: ¡habían comenzado los festejos navideños!

Pronto vino la nieve.

Mis amigos y yo hicimos un muñeco
de nieve y Clifford hizo otro.

El muñeco de Clifford era diferente.

Después fuimos a la laguna a jugar hockey sobre hielo.
Nos estábamos divirtiendo de lo lindo hasta que...

Decidimos que Clifford no debía jugar más al hockey sobre hielo.

La Navidad estaba cada vez más cerca.

Contábamos los días.

Un día Clifford vio a unos hombres desenterrando un árbol. Le pareció que sería un lindo arbolito de Navidad para nosotros.

El árbol era demasiado grande para nuestra casa...

...pero perfecto para la de Clifford.

Cuando Clifford estaba durmiendo la siesta, mis amigos y yo nos acercamos sin hacer ruido y le dejamos una ramita de muérdago en su casa.

¡Sorpresa!

¡Por fin llegó la Nochebuena!

Clifford y yo colgamos su calcetín navideño y yo
le puse algunos regalos bajo su árbol.

Esa noche vino Papá Noel mientras dormíamos.

Aterrizó en el techo de la
casa de Clifford y empezó
a buscar la chimenea.

¡Uy!

Clifford se despertó y oyó que
alguien pedía ayuda.

Salió a ayudar y... ¡qué sorpresa!

¡Ay, no! El saco de los regalos se había caído en el plato del agua de Clifford. Los juguetes se habían echado a perder.

Clifford se sentía muy apenado. Tenía que hacer
algo, así que le ofreció a Papá Noel sus propios
regalos para que se los diera a los niños.

Papá Noel sonrió, le dio una palmadita y le dijo que no se preocupara. Entonces, con un movimiento de sus guantes mágicos, Papá Noel volvió a dejar los juguetes como nuevos.

Después de dejar algunos juguetes en mi casa, Papá Noel se montó en su trineo, le dijo adiós a Clifford y se fue volando... hasta el año que viene.

El día de Navidad por la mañana
Clifford y yo abrimos los regalos.
Fue un día maravilloso.

Y Clifford es un perro maravilloso.
Gracias a él todos los días son Navidad.